AF358966

LES PALADINS,

COMÉDIE-BALLET,

EN TROIS ACTES,

REPRÉSENTÉE, POUR LA PREMIERE FOIS,

PAR L'ACADEMIE-ROYALE

DE MUSIQUE,

Le Mardi 12 Février 1760.

PRIX XXX SOLS.

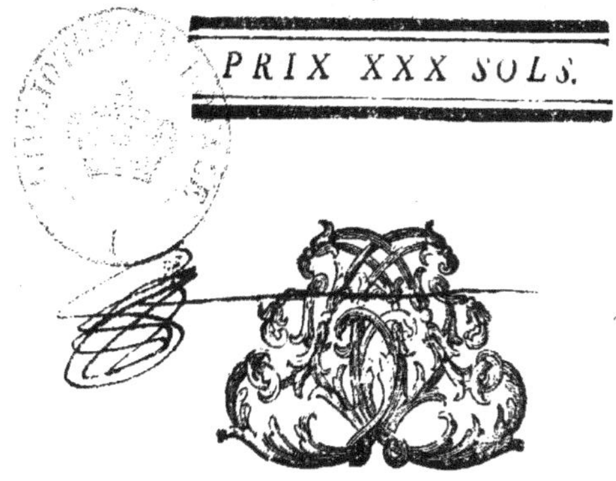

AUX DÉPENS DE L'ACADÉMIE.

A PARIS, Chez DE LORMEL, Imprimeur de ladite Académie, rue du Foin, à l'Image Ste. Geneviéve.

On trouvera des Livres de Paroles à la Salle de l'Opera.

M. DCC. LX.

AVEC APPROBATION ET PRIVILEGE DU ROI.

La *Muſique eſt de Monſieur* RAMEAU.

ACTEURS CHANTANTS

DANS LES CHŒURS.

CÔTE' DU ROI.		CÔTE' DE LA REINE.	
Mesdemoiselles.	*Messieurs.*	*Mesdemoiselles.*	*Messieurs.*
Larcher.	Lefevre.	D'alliere.	S. Martin.
Cazau.	Le Page.	Maſſont.	Albert.
			Jaubert.
Letourneur.	Archambaud.	Salaville.	Tourcaty.
La Croix.	Durand.	D'auger.	Touvoys.
	Scelle.		Chappotin.
Durand.	Roſe.	Lachantrie.	Favier.
Flamery.	Robin.	Edmée.	Feret.
Fontenet.	Antheaume.	Rouſſel.	Du Perrier.
			Boy.
Delor.	Parant.	Héry.	Dupont.

ACTEURS CHANTANTS.

MANTO, *Fée.*   Mr. Pillot.

ANSELME, *Sénateur, & Tuteur*
  d'ARGIE,   Mr. Gélin.

ARGIE, *jeune Italienne,*   Mlle. Arnoud.

ATIS, *Paladin,*   Mr. Lombard.

ORCAN, *Serviteur d'*ANSELME,
  & *Gardien* d'ARGIE.   Mr. Larrivée.

NÉRINE, *Suivante d'*ARGIE.   Me. Lemiere.

UN PALADIN,   Mr. Muguet.

PALADINS, *& leur suite, sous*
  plusieurs déguisements.

TROUBADOURS & MÉ-
  NESTRELS, *de la suite d'*ATIS.

SERVITEURS d'ANSELME.

SUIVANTS *de* MANTO, *sous la*
  forme de CHINOIS *& de* PAGODES.

LA SCÈNE *est dans le Château d'*ANSELME *&*
  aux environs.

PERSONNAGES DANSANTS.

ACTE PREMIER.
PÉLERINS & PÉLERINES.

M^r. LYONNOIS.   Mlle. LYONNOIS.

Mlle. RIQUET.

M^r. BEATE.   M^r. LECLERC.

M^{rs}. Trupty, Rivet, Defplaces, Hamoche,
Cezeron, Groffet.

Mlles. Martigny, Tételingre, Saron, Dornet,
S. Félix, l'Efcaut.

ACTE SECOND.
DÉMONS.

M^r. LAVAL.

M^{rs}. HYACINTE.   DUPRÉ.

M^r. Hus, Rivet, Defplaces, Hamoche.

PALADINS & leurs DAMES.

M^r. VESTRIS.   Mlle. VESTRIS.

M^r. LYONNOIS.

M^{rs}. Lelievre, Trupty, Gardel.

Mlles. Couppé, Demiré, Lacour.

TROUBADOURS.

M^r. LANY.   Mlle. LANY.

M^{rs}. Levoir, Valentin, Groffet.

Mlles. Chaumard, Mefcar, Dumonceau.

ACTE TROISIEME.

PAGODES.

Mr. BEATE.   Mlle. LECLERC.

Mrs. Cezeron, Valentin, Groffet.
Mlles. Valentin, Baffe, Rey.

PALADINS & leurs DAMES.

M. VESTRIS.

Mrs. Lelievre, Trupty, Gardel.
Mlles. Couppé, Demiré, Lacour.

CHINOIS & CHINOISES.

Mr. LANY.   Mlle. LYONNOIS.

M. Hus, Rivet, Defplaces, Hamoche.

Mlles. Riquet, Mefcar, Lacour, Dumonceau.

LES PALADINS,
COMÉDIE-BALLET.

ACTE PREMIER.

Le Théâtre repréfente la principale entrée d'un vieux Château, près d'un Bois. On voit des Tours & des Grilles qui deffendent ce Château.

SCENE PREMIERE.
ARGIE, NÉRINE.
A R G I E.

Triste féjour, Solitude ennuyeufe,
Que votre afpect m'eft odïeux !

Le retour d'un Jaloux, qu'on attend dans ces lieux,
Doit vous rendre encor plus affreufe !

Trifte féjour, Solitude ennuyeufe
Que votre afpect m'eft odieux !

NÉRINE.

L'himen qu'on vous prépare embellira ces lieux.

ARGIE.

Ah, qu'ôfes-tu me faire entendre !

NÉRINE.

Qu'il faut attendre
L'Époux qui vous eft deftiné :
Et goûter l'efpoir de lui rendre
Le tourment qu'il vous a donné.

ARGIE.

Quel efpoir veux-tu qui me refte ?
Atis peut-être ne vit plus :
Et, s'il refpire encore, un obftacle funefte
Rend mes vœux fuperflus.

NÉRINE.

L'amant, peu fenfible & volage,
Craint l'obftacle le plus leger ;
L'amant, que plus d'amour engage,

S'il

S'il voit augmenter le danger,
Augmente de courage.

(Une Symphonie annonce l'arrivée d'ORCAN.)

SCENE II.

ARGIE, NÉRINE, ORCAN.

ORCAN, avant de paroître.

ARgie!.. hola!.. Nérine!.. où portés-vous vos pas?

NÉRINE.

J'entends le bruit des clefs, & la voix du Cerbere
Qui ne nous quitte pas.

ORCAN.

Rentrés !

ARGIE ET NÉRINE.

Quelle rigueur auftere !

NÉRINE.

Aimable Orcan, laiffe-nous refpirer.

ORCAN.

Rentrés !

ARGIE ET NÉRINE.

Un moment.

B

ORCAN.

Non, non ; c'est trop différer.

ARGIE ET NÉRINE.

Ah , quelle contrainte févere !

NÉRINE , à *Argie* , à *part.*

Cédés à sa rigueur.
Je vais , pour l'adoucir , écouter son ardeur.

(*Argie fe retire.*)

SCENE III.

NÉRINE, ORCAN.

NÉRINE.

SEras-tu toûjours inflexible,
Cruël tiran de nos plaifirs ?

ORCAN.

Je te l'ai dit cent fois, le fecret infaillible
De me rendre fenfible,
C'eft de répondre à mes defirs.

NÉRINE.

Eh ! comment veux-tu que l'on aime
Dans ce trifte féjour ?

Confidere toi - même
L'Afpect de ces barreaux, l'ombre de cette tour,
Le cri de ces oifeaux, qui volent à l'entour.
Tes yeux d'Argus, ta voix de Polyphême,
Peuvent - ils infpirer l'amour ?

Eh ! comment veux - tu que l'on aime ?

ORCAN.

Ce lieu, fi tu m'aimois, te paroîtroit charmant.

Tu trouverois ma voix plus tendre & plus fonore.
Tout s'embellit, tout s'éclaire en aimant.
L'amour fait d'un cachot le palais de l'Aurore;
Ce lieu, fi tu m'aimois, te paroîtroit charmant.

Mais ton cœur répond froidement
Au feu qui me dévore.

NÉRINE.

Prends pitié de notre tourment!
Écoute, Orcan, je finîrai tes peines;
Brife nos fers, fortons de ce tombeau.
Ta voix furpaffera le charme des Sirênes,
L'Amour, auprès de toi, nous paroîtra moins beau.

ORCAN.

Tais-toi, perfide enchantereffe!
Crois-tu donc furprendre ma foi?

NÉRINE.

Par ta pitié prouve-moi ta tendreffe.

ORCAN.

La pitié n'eft qu'une foibleffe.

NÉRINE.

C'eft l'Amour qui t'en preffe;
Mon cher Orcan, écoute-moi.

ENSEMBLE.

NÉRINE. . . . . . Orcan, écoute-moi.

ORCAN. . . . . . Non, non, retire-toi.

NÉRINE. . . . . Écoute-moi.

ORCAN. . . . . Retire-toi.

(On entend une Symphonie éloignée,
& les fons d'une Mufette.)

ORCAN.

Quels concerts infolents ôfent fe faire entendre ?
Ah ! c'eft quelqu'amant fuborneur.
Courons, gardons de nous laiffer furprendre.

NÉRINE.

Quelle nouveauté ! quel bonheur !

(Orcan fort, Argie rentre en même-
tems par le côté oppôfé.)

SCENE IV.

ARGIE, NÉRINE.

ARGIE.

QU'ai-je entendu ?

NÉRINE.

Reftés : je vais vous en inftruire.

(Nérine entre dans la Couliffe.)

ARGIE.

Quel espoir pourroit me séduire !
Trop funestes accords ! peut-être annoncés vous
Mon himen & mon esclavage ?

> (*La Symphonie se fait entendre de plus*
> *près , & devient plus touchante.*)

Mais les sons que j'entends n'ont rien d'assés sauvage,
Pour être le présage
Du retour affreux d'un jaloux.

NÉRINE , rentrant sur la Scéne avec précipitation.

Accourés, venés voir ; c'est un enchantement.

ARGIE.

Qu'as-tu donc vu ?

NÉRINE.

J'ai vu paroître
Des Pélerins le plus charmant.
Sa voix ravit d'étonnement :
Il a mille secrets qu'il vous fera connoître.
Cet homme est un trésor ; & je ne sais comment
A chaque mot qu'il dit, aussi-tôt il fait naître
Or, bijoux, perle, diamant.....
Accourés, venés voir ; c'est un enchantement.

A R G I E.

Eh ſi c'étoit Anſelme ! il eſt caché peut - être
Sous ce trompeur déguiſement.

N É R I N E.

Ah , Dieux ! peut-on s'y méprendre ?
Eſt-il beau comme le jour ?
Sait-il des chanſons d'amour ?
A-t-il de l'or à répandre ?

Orcan veille de ce côté ;
L'Étranger peut ici ſe rendre.
Un inſtant de félicité
Eſt toûjours bon à prendre.

A R G I E.

D'un inconnu quel plaiſir puis-je attendre ?
Que me font ces tréſors, ces charmes que tu dis ?
Encor ſi c'étoit mon Atis.
(La Muſette recommence ſes chants , que répéte l'écho.)

N É R I N E.

Ecoutés , écoutés les ſons de ſa Muſette :
L'écho les répéte.
Écoutés.

A R G I E.

Mon âme eſt trop inquïete.

NÉRINE.

Vos yeux en seront enchantés,
Sortés.

ARGIE.

Non, laisse-moi, toute entiere à moi-même,
Rêver à ce que j'aime.

NÉRINE, *allant au-devant des* PÉLERINS.

Je veux rendre le calme à ses sens agités.

(Argie s'assied dans un coin du Théâtre , & paroît rêver
profondément, sans faire attention à ce qui se passe.
Nérine amene les Pélerins , qui entrent en dansant.)

SCENE V.

ARGIE, NÉRINE, ATIS, *en Pélerin,*
jouant de la Musette , PÉLERINS
*de la suite d'*ATIS.

ATIS.

Venés tous en pélerinage,
Accourés, Amants, venés tous.
Ah, que votre sort sera doux !
Accourés, Amants, venés tous.

Le

Le bonheur eſt notre partage :
  Nous changeons de climats,
Sans trouver un climat ſauvage ;
L'Amour eſt toûjours du voyage ;
Et les fleurs naiſſent ſous nos pas.

Venés tous, &c.

On danſe.

A T I S, à ARGIE.

L'eſpoir nous mene au bout du monde,
  Il nous éveille chaque jour :
Si nous courons la Terre & l'Onde,
C'eſt pour trouver un cœur digne de notre amour

A R G I E, ſortant de ſa rêverie.

Ah ! j'en poſſédois un ſi fidele & ſi tendre !
Je l'ai perdu.

ATIS & LE CHŒUR DES PÉLERINS.

  Venés le chercher avec nous.

A R G I E.

Pour retrouver Atis que ne puis-je entreprendre
  Un voyage ſi doux !

A T I S, ſe jettant aux piés d'ARGIE.

  Argie ! il eſt à vos genoux.

C

A R G I E.

Que vois-je ? & que viens-je d'entendre!
Ah, mon cher Atis ! eſt-ce vous?

A T I S.

C'eſt lui qui vient vous deffendre
De vos tirans jaloux.

A R G I E.

Ah, mon cher Atis ! eſt-ce vous ?

A T I S.

Sous ce déguiſement il falloit vous ſurprendre.

Quand ſous l'amoureuſe loi
On ſait braver les obſtacles,
L'Amour fait des miracles :
Vous les méritiés tous , il les fait tous pour moi.
C'eſt une Fée enchantereſſe ,
Qui feconde ici nos amours :
Pour prix d'un utile fecours ,
Manto fervira ma tendreſſe.

A R G I E.

Mon cher Atis, que ferons-nous ?
Anfelme arrive ici, pour être mon époux.

A T I S.

Vous m'aimés ?

A R G I E.

Je vous aime.

A T I S.

Défions les jaloux.

E N S E M B L E.

Défions les jaloux.

Que leur rage, que leur courroux
Augmentent nos plaisirs même,
Et les rendent plus doux !

(*Les Pélerins continuent leurs danses.*)

SCENE VI.

ARGIE, ATIS ET LES PÉLERINS,
NÉRINE, *rentrant sur la Scêne avec effroi*;
ORCAN, *qui paroît ensuite armé ridiculement.*

NÉRINE.

Fuyés le sort qui vous menace ;
Orcan, prêt à combattre , avance dans ces lieux :
Il est armé d'une cuirasse.
Tremblés , tremblés !

ATIS.

D'un vil audacïeux
Laissés-moi confondre l'audace.

ORCAN, *à* ATIS *du fond du Théâtre.*

Fuis , redoute un affreux trépas....

Mais il ne craint point ma présence !
Je meurs de peur s'il ne fuit pas,
Et je suis perdu s'il avance.

ATIS.

Orcan, j'aime à voir ce grand cœur;
Et veux éprouver ton courage.

(*Il se met en deffense.*)

O R C A N, *tremblant.*

Sauve-toi ; ma bonté t'ouvre encore un paſſage.

A T I S.

J'aime mieux ſentir ta valeur.
Deffends-toi.

(*Il lui porte un coup.*)

O R C A N, *tombant de frayeur.*

Je ſuis mort ! o fatale diſgrâce !

A T I S, *à ſa ſuite.*

Dans les fers qu'il ſoit arrêté.

O R C A N.

Belle Argie, obtenés ma grâce,
Pour prix du ſoin que vous m'avés coûté.
Nérine, ah, quel malheur ! Au nom de ta tendreſſe,
Implore ſa bonté.

N É R I N E.

La pitié n'eſt qu'une foibleſſe....

O R C A N, *à* N É R I N E.

Nérine , implore ſa bonté.

A T I S, *à ſa ſuite.*

Vous, dont le zele me ſeconde ,
Venés, qu'il ſoit reçu ſoudain ,
Qu'il ſoit armé Pélerin ,
Pour l'envoyer au bout du Monde.

CHŒUR des PÉLERINS.

Qu'il ſoit armé, &c.

(*On fait, en danſant, les cérémonies de la réception*
d'ORCAN, qui donnent lieu à ſes frayeurs.)

LE CHŒUR.

Hommage , rendons tous hommage
A ce joli Pélerin.

ARGIE, en le parant de Coquilles.

Daignés recevoir de ma main
L'ornement de ce Coquillage.

LE CHŒUR.

Hommage, &c.

ATIS, lui donnant le Chapeau.

Pour vous garantir du ſerein
Voici le Chapeau du voyage.

LE CHŒUR.

Hommage, &c.

NÉRINE, lui donnant le Bourdon.

Prenés, pour vous mettre en chemin,
Le Sceptre du pélerinage.

LE CHŒUR.

Hommage, &c.

*(Les Pélerins recommencent leurs danses, qui sont in-
terrompues par le bruit de l'arrivée d'ANSELME.)*

CHŒUR, *qu'on entend de loin.*

Ho, hé, ah, ah !

NÉRINE.

Qu'ai-je entendu ?
Tout est perdu !

ORCAN.

Anselme arrive !

ARGIE.

Anselme va paroître !

ORCAN.

Pauvre Orcan, que deviendras-tu ?
Que dira, que fera ton Maître ?

LE CHŒUR.

Fuyés, Atis ; sauvons-nous.

A T I S.

Non, je veux braver fon courroux :
Suivés-moi tous.

NÉRINE, pendant que les autres Acteurs répé-
tent les paroles précédentes.

C'eſt un éclair
Qui fend l'air,
C'eſt le tonnerre qui gronde :
Le bruit
Qu'il produit
Saiſit,
Remplit
D'effroi tout le monde,
Qui fuit.

(Tout s'enfuit & ſe diſperſe dans le Bois.)

FIN DU PREMIER ACTE.

ACTE

ACTE SECOND.

Le Théâtre repréſente un Hameau, près du Château d'Anselme, qu'on voit dans le fond.

SCENE PREMIERE.

ANSELME, & ſes SERVITEURS,
à qui il fait ſigne de s'éloigner.

ANSELME, ſeul.

MOn cœur, tu n'as que peu d'inſtants
A deſirer l'objet que ces lieux vont te rendre.
Je vais conſoler un cœur tendre,
Que j'ai fait languir trop long-tems

Mon cœur, tu n'as peu d'inſtants
A deſirer l'objet que ces lieux vont te rendre.
Mais quel bruit ! qu'eſt-ce que j'entends ?
(ORCAN paroît en habit de Pélerin, & court comme
un homme égaré.)

D

SCENE II.

ANSELME, ORCAN.

ANSELME.

QUe vois-je ? eft-ce lui qui s'avance
Malheureux ! veux-tu t'arrêter ?

ORCAN.

Ah, Seigneur ! fauvés vous; fuyés en dil

ANSELME.

Que veux-tu dire ?

ORCAN.

　　　　　Ils vont faire porter
Le Bourdon à votre Excellence.

ANSELME.

Quelle ivreffe, ou quelles vapeurs
Ont fait naître cette démence ?

ORCAN.

Des Pélerins ! . . . des Enchanteurs ! ..

ANSELME.

Que fait Argie ?

O R C A N.

Argie... eſt en pélerinage.

A N S E L M E.

Es-tu fou ?

O R C A N.

Si vous êtes ſage
Craignés d'irriter leurs fureurs.

(*ARGIE paroît au fond du Théâtre habillée en Pélerine, & chantant l'air des Pélerins.*)

Argie en ſaura davantage.

(*ARGIE appercevant ANSELME,* ceſſe *tout-à-coup de
chanter;* ORCAN *ſort.*)

SCENE III.

ANSELME, ARGIE, *en Pélerine.*

ANSELME.

SOus quel déguifement, o Dieux !
Vous me rendés votre préfence !
Argie, eft-ce ainfi qu'à mes yeux
Doit paroître votre innocence ?

ARGIE.

Seigneur. . . .

ANSELME.

Expliqués-moi ce myftere odieux.

ARGIE.

Que je crains ce moment terrible !

ANSELME.

Non : ôsés tout me déclarer.
Qu'alliés-vous faire ?

ARGIE.

Hélas ! j'allois vous délivrer
D'un objet toûjours infenfible,
Qui pour vous ne peut foûpirer.

ANSELME.

Vous méditiés, perfide ! une action fi noire ?

O Ciel! le puis-je croire?
Quand je viens pour vous adorer,
Quand j'apporte à vos piés tant de marques de gloire
Dont Rome & le Sénat viennent de m'honorer,
Vous méditiés, perfide! une action si noire?
O Ciel! le puis-je croire?
Nommés l'auteur de ce dessein.

A R G I E.

Atis, un jeune Paladin.

A N S E L M E.

Un homme! . . .

A R G I E.

Épris de moi, tout autant que je l'aime,
Atis est si charmant! son langage est si doux!....
Si vous voyiés Atis, vous vous feriés vous-même
Un crime d'en être jaloux.

A N S E L M E, *à part.*

Le monstre!

A R G I E.

Il vous déplaît, & moi je vous offense:
Soufrés donc qu'avec lui j'emporte loin de vous
L'ennui de ma présence.

A N S E L M E, *à part.*

Il faut cacher mon courroux.

[*à Argie.*]

J'ai donc perdu tout efpoir de vous plaire?

A R G I E.

Celui de vous aimer n'eft pas né dans mon cœur.
Donnés - moi mon amant, & goûtés la douceur
D'être aimé comme un pere.

A N S E L M E.

Oui, j'y confens; j'immole ma colere:
Il faut céder à mon vainqueur. . . .

[*Il l'arrête.*]

Allés. . . . Vous ignorés, peut-être,
Qu'un tréfor à ma garde autrefois fut commis:
Ce tréfor eft à vous. . . je n'en fuis plus le maître,
Et par Orcan . . . bien-tôt il vous fera remis.
Adieu.

(*A R G I E fort*; *ANSELME tire un Poignard de def-
fous fa robe.*)
C'eft ce Poignard, perfide!
Dont je veux te percer le fein:
Mais, pour ne pas fouiller ma main,

Un autre en fera le guide.

(ORCAN *traverse le Théâtre ;* NÉRINE *le suit , sans être apperçue.*)

SCENE IV.

ANSELME, ORCAN.

ANSELME, le Poignard à la main.

A Pproche, Orcan.

ORCAN.

O Ciel ! que voulés-vous ?

ANSELME.

Ta mort, ou ton obéissance.

ORCAN.

J'obéirai.

ANSELME.

Tu vas porter mes coups
A la parjure qui m'offense.

ORCAN.

Je frémis !

ANSELME.

Point de résistance ;
Redoute ou sers mon courroux.

(Il remet à ORCAN *un Poignard & du Poison, & il se*
retire : NÉRINE *court avertir* ATIS *de ce qui se passe.*)

SCENE V.

ORCAN, *seul.*

JE puis donc me venger moi-même
D'Argie & de son Paladin ! . . .
Mais d'où vient que ce fer qu'on a mis dans ma main
Glace mon cœur d'une frayeur extrême ?

(NÉRINE *paroît au fond du Théâtre, & écoute* ORCAN. *)*

Orcan, tu vas commettre un forfait odïeux !
Son ombre chaque nuit, paroîssant à tes yeux,
Demandera vengeance !
Ah ! je meurs de peur quand j'y pense !
Je tremble à me voir seul dans ces funestes lieux,
Et je frémis de leur silence.

SCENE

SCENE VI.

NÉRINE, revenant & feignant de ne pas voir ORCAN. ORCAN, qui se tient à l'écart pour écouter NÉRINE.

NÉRINE, haut.

C'Eſt trop ſoûpirer:
Je veux déclarer
L'ardeur qui m'enflâme.
Ah! je ſens mon âme
Prête à s'égarer.
Ne reviendras-tu point, cher Orcan, que j'adore?

[*ORCAN approche doucement.*]

[*Bas.*]
Je le vois qui ſuit mes pas;
L'imprudent ne ſait pas,
Ne voit pas,
N'entend pas,
L'appas:
Feignons encore.

[*Haut.*]
C'eſt trop ſoûpirer, &c.

E

ORCAN, interrompant Nérine.

Le voilà cet amant qui caufe ton martire.

ENSEMBLE.

Ah, quel trouble je reffens !
Dis-moi ?... Je ne puis dire
Quelle ardeur, quel délire,
Quel tranfport agite mes fens !
Non, non, je ne puis dire, &c.

ORCAN.

Il faut fe rendre, il eft tems.

NÉRINE, regardant dans le Bois.

Attends.

ORCAN.

Beauté fauvage,
C'eft trop long-tems
Me faire outrage.

NÉRINE.

Attends ;
C'eft trop me faire violence.
Efprits vengeurs, venés, volés à ma défenfe.

(Un bruit effrayant fe fait entendre ; une Troupe de Démons & de Furies fort du Bois précipitam-ment, & environne ORCAN.)

SCENE VII.

ORCAN, NÉRINE, ATIS & *les autres* PALADINS,
déguisés en furies & en démons.

ORCAN.

QUel bruit ! quels monſtres ! juſtes
Dieux !
Tout l'Enfer contre moi s'élance !

ATIS, déguiſé en furie, aux Démons.

Vengés, vengés l'innocence :
Dèſarmés ce furïeux.

(*Les Démons ſe ſaiſiſſent du Poignard & du Poiſon
qu'*ORCAN *avoit ſur lui.*)

Démons, frappés votre victime :
Voilà les témoins du crime.

CHŒUR.

Frappons, frappons notre victime, &c.

ATIS ET LE CHŒUR.

Par ce fer tu périras :
De ce poiſon tu boiras :
Tu mourras.

ORCAN.

Ah, ne m'achevés pas!
De quoi suis-je donc coupable ?

ATIS ET LE CHŒUR.

Misérable !
Par ce fer tu périras :
De ce poison tu boiras :
Tu mourras.

On danse.

UN PALADIN, *déguisé en Furie.*

Je suis la furie
Qui crie
Au fond du cœur des Jaloux :
Je punis les cruëls époux,
Et j'imite la barbarie
Des ministres de leur courroux.

On danse.

SCENE VIII.

Les Acteurs de la Scêne précédente,
ARGIE, NÉRINE.

ATIS, à ORCAN, en lui montrant ARGIE.

MOnſtre ! vois la beauté que menaçoient tes
  armes :
La terre alloit par toi perdre tous ces tréſors.
  Contemple, admire tant de charmes,
  Pour emporter plus de remords.

ORCAN.

Madame Argie, hélas ! ſoyés plus pitoyable :
  Hélas ! hélas !
  Sauvés-moi du trépas.

ARGIE.

Laiſſons vivre ce miſérable.

ATIS.

Elle ordonne, amis, c'eſt aſſés.

  [*On lâche* ORCAN, *qui s'enfuit.*]

Démons, Eſprits reparoîſſés
Sous une forme plus aimable.

[*Les* Paladins *fortent, & vont quitter leurs*
déguifements.]

ATIS, à Argie.

Efpérons un deftin plus doux ;
Manto nous vangera du tiran qui nous refte ,
Par le tourment le plus funefte
Que peut fentir l'amour jaloux.

SCENE IX.

ATIS, ARGIE, NÉRINE,
Les Dames *Compagnes des* Paladins, *les* Paladins,
Troubadours, Ménestrels
*de la fuite d'*Atis.

ATIS, aux Paladins.

Vengeurs des beautés qu'on outrage ,
Je vous dois ma félicité :
Chantés la liberté
De l'aimable objet qui m'engage.
Formés les nœuds les plus charmants ;
Attaqués les jaloux, rompés, brifés leurs chaînes :
Le prix de tant de peines
Eft le triomphe des amants.

CHŒUR des PALADINS & de leurs DAMES,
avec ATIS qui s'y mêle.

Formés   } les nœuds les plus charmants,
Formons }

Attaqués   } les Jaloux { rompés   } leurs chaînes,
Attaquons }   { rompons }

Le prix de tant de peines
Est le trïomphe des amants.

(Danse des PALADINS, qui se réjouissent
de la délivrance d'ARGIE.)

ARGIE.

Je vole, Amour, où tu m'appelles :
Prête-moi, prête-moi tes aîles.

Quelles sont tes faveurs
Pour les amants fideles :
Tu brises leur chaînes cruëlles,
Et tu les enchaînes de fleurs.

Je vole, &c.

[*Entrée des TROUBADOURS & des MÉNESTRELS.*]

NÉRINE.

Pour voltiger dans le boccage
L'oiseau fuit la captivité ;
Quel silence s'il est en cage !
Quel doux ramage
S'il est en liberté !

Pour serpenter sur la verdure,
Le cours de l'onde est agité :
Il se taît s'il est arrêté.
Quel doux murmure
S'il est en liberté !

NÉRINE ET ATIS.

NÉRINE. . Pour serpenter, &c.
ATIS. . . Pour voltiger, &c.
(*La Danse recommence & est interrompue par un bruit*
tumultueux.)
A T I S.
Quel nouveau bruit se fait entendre.
U N P A L A D I N.
Anselme avance contre nous ;
Avec sa suite armée il vient pour nous surprendre.
A T I S.
Dérobons ma conquête à l'ennemi jaloux.
Dans ces murs je puis me défendre
Et braver son courroux.
[*ATIS , & toute sa suite, entre dans le Château ,*
dont on ferme les portes.]
FIN DU SECOND ACTE.

ACTE

ACTE TROISIEME.

Le Théâtre repréfente le même lieu qu'au
fecond Acte.

SCENE PREMIERE.

ANSELME, une Épée à la main, ORCAN,
Troupe de Paysans & de Valèts
armés pour attaquer le Château.

ANSELME.

Tu vas tomber fous ma puiffance,
Lâche & perfide raviffeur !
Ah ! je vais goûter la douceur

F

De percer à tes yeux l'Ingrate qui m'offense.

(*A sa Suite.*)

Venés, secondés mon courroux :

Mon honneur outragé vous demande vengeance.

Vengeance ! o Vengeance !

Vous êtes l'unique espérance

Des amants trompés & jaloux

Tu vas tomber, &c.

(*On dispôse l'assaut.*)

A N S E L M E, *à la tête de sa Troupe.*

Attaquons ; suivés-moi : courons à la vengeance.

C H Œ U R.

Attaquons, attaquons ; courons à la vengeance.

(*Comme on place les Échelles pour escalader le Château, tout disparoît. O R C A N & les autres Serviteurs d'A N S E L M E l'abandonnent. Un Palais
dans le goût Chinois, ouvert de tous côtés, &
situé au milieu d'un jardin, succéde à la Décoration
précédente ; le dedans du Palais est orné de plusieurs
groupes de Figures de la Chine.*)

ANSELME, qui a jetté ſes Armes
pendant le changement.

Mais o Ciel! ce Château diſparoît à mes yeux!
Quels Jardins délicïeux
Ont tout-à-coup pris naiſſance!
Quel ſuperbe Palais s'éleve juſqu'aux Cieux.

(*Il conſidére ce Palais, & voit une Eſclave qui tra-*
verſe le Théâtre.)

Dieux! quel étrange objet à mes yeux ſe préſente?

SCENE II.

ANSELME, MANTO, ſous la forme
d'une Eſclave Maure.

ANSELME, arrêtant MANTO.

Esclave, contentés mes deſirs curïeux.
De quel Dieu vois-je ici la demeure éclatante?
A qui ſont ces tréſors?

MANTO.

Ces tréſors ſont à moi.

ANSELME, ſe jettant à ſes piés.

Déeſſe! pardonnés ſi je n'ai pu connoître....

MANTO.

Je te pardonne; & des biens que tu voi

A l'inſtant, ſi tu veux, je puis te rendre maître.

A N S E L M E.

Grande Divinité!

M A N T O.

Je ne veux que ta foi
Pour prix d'un ſi rare avantage.

A N S E L M E.

Voyés & mon front & mon âge.

M A N T O.

Tu me plais ; je veux ton hommage.

Le printems
Des amants
Rend leur flâme trop volage ;
Le fardeau de l'âge
Rend les amours plus conſtants.
Le printems
Des amants
Rend leur flâme trop volage.

A N S E L M E.

Mais votre cœur enfin peut-il être flaté....

M A N T O.

De ta gravité,

De ta majefté
Mon cœur enchanté,
Veut que le tien m’engage
Sa liberté.
Confidere auffi la beauté
Qui fera ton partage.

A N S E L M E.

Mais fi je fuis un autre loi….

M A N T O.

Je veux l’honneur du facrifice.
Garde-toi d’héfiter ; ou d’un mot, devant toi
Je renverfe cet édifice.

A N S E L M E.

Ah, quel dommage qu’il périffe !

M A N T O.

J’entends l’aveu de ton amour.

(*S’adreffant aux Pagodes qui ornent fon Palais.*)

Étrangeres beautés, qui parés ce féjour,
Animés-vous ; rendés à ce que j’aime
Les honneurs que mon choix lui deftine à ma Cour.
Écoutés mon ordre fuprême

(*Les Pagodes, qui commencent à remuer la tête, s'a-*
niment insensiblement, & quittent leurs places,
pour venir rendre hommage à ANSELME *, en dan-*
sant autour de lui dans leurs attitudes comiques.)

M A N T O.

Pour répondre encore à mes vœux
Permèts que l'amitié soit témoin de mes feux.
Paroissés, belle Argie.

A N S E L M E, *appercevant* ARGIE.

Où me cacher ? c'est elle !

[ARGIE *s'avance;* MANTO *se retire au fond du*
Théâtre.]

SCENE III.
ARGIE, ANSELME, MANTO.
A R G I E.

ANselme soûpirant aux piés de cette belle !

A N S E L M E.

Je suis perdu !

A R G I E.

Quoi ? dans le même jour
Être si cruël & si tendre !

Il faut favoir vaincre l'amour
Pour avoir droit de le deffendre.
Atis, le bel Atis eft fait pour m'enflâmer;
Mais vous devés rougir du feu qui vous dévore:
Le crime n'eft pas d'aimer;
C'eft le choix qui dèshonore.

ANSELME.

Ah! connois mieux mon cœur & mes projèts:
Ingrate! à cet amour quand j'ai rendu les armes,
C'étoit pour t'enrichir des dons que l'on m'a faits:
Et je n'envïois ce Palais.
Que pour l'embellir de tes charmes.

ARGIE.

Si je veux des palais, Atis m'en donnera.
Sans mon Atis en peut-il être?
Si je veux des tréfors, c'eft lui qui les fait naître;
Et je les aurai tous, tant qu'Atis m'aimera.

ANSELME.

Vengeons cet outrage!

ARGIE.

Quels feux
Honteux
Pour un Sage!

MANTO, à ANSELME.

Mon amour comblera tes vœux;
Que nous ferons heureux!

ANSELME, à MANTO.

Non, je romps tous ces nœuds.
(*à ARGIE.*)
Perfide! c'eſt-là ton ouvrage.

ARGIE.

Je trïomphe! plus d'eſclavage.

ANSELME à ARGIE, MANTO à ANSELME.

Tu me ſuivras,
Tu m'aimeras,
M'adoreras;
Oüi, perfide! tu me ſuivras.

ARGIE.

Je trïomphe! plus d'eſclavage.

ANSELME.

Je meurs de honte & de rage.

SCENE

SCENE IV.

ANSELME, ARGIE, MANTO,
ATIS, NÉRINE.

MANTO, à ANSELME.

REconnoiſſés Manto ſous ce déguiſement.
[*à* ATIS.]
  Approchés Atis. Je dois rendre
   La beauté la plus tendre
   Au plus fidele amant.
       [*Elle les unit.*]
  ATIS ET ARGIE.
  O Divinité ſecourable !
   MANTO.
Je veux que ces jeux enchanteurs
Forment ici pour vous la cour la plus aimable.
Goûtés d'autres plaiſirs. Je laiſſe dans vos cœurs
  Un enchantement plus durable.
      [*Elle ſe retire.*]
  NÉRINE, à ANSELME.
Manto vous rend la liberté.
   [*On entend le prélude de la fête.*]
Je vois la foule qui s'avance.
Des caprices de leur gaîté
Sauvés, ſauvés votre Excellence.
      G

(ANSELME *fort dèfefpéré. Les* PALADINS *& autres Suivants d'*ATIS, *fous divers déguifements, entrent en foule fur la Scêne.*)

SCENE DERNIERE.

ATIS, ARGIE, NÉRINE, PALADINS *& autres Suivants d'*ATIS, *fous divers déguifements.* Suivants de MANTO, *fous différentes formes grotefques.*

ARGIE.

AH, que j'aimerai mon vainqueur !

ATIS.

Tu feras mon bonheur.

ARGIE.

Je ferai ton bonheur.
Par une ardeur
Toûjours nouvelle.

ATIS.

Toûjours nouvelle ?
Oui, je le fens par mon cœur,
Tu me feras toûjours fidele.

ARGIE.

Toûjours fidele.

ENSEMBLE.

L'Amour pourroit-il nous quitter,
Quand nous formons pour l'arrêter,
Une chaîne fi belle ?

A R G I E.

Pour moi l'Amour s'enflâmeroit,

A T I S.

Pour moi Pſyché ſoûpireroit,

E N S E M B L E.

Je te ſerois toûjours fidele.

C H Œ U R.   *On danſe.*

L'Amour chante, l'Himen ſoûpire.
Belles chantés
Chantons, chantons } avec l'Amour.
Faites
Feſons } retentir ce ſéjour

Des accords rïants qu'il inſpire.

NÉRINE, puis le CHŒUR qui ſe joint à elle.

Livrés nous
Vos époux;
Nous ſavons les inſtruire.
Pour réduire
Un jaloux,
C'eſt de le tromper & d'en rire.

L E C H Œ U R.

L'Amour chante, &c.

52 **LES PALADINS, &c.**

(Les Suivants de MANTO, fous différentes figures Chinoifes, entrent en danfant, & forment un Ballet-Pantomime, à la fin duquel toutes les autres Troupes fe joignent à eux.)

A T I S.

Lance, Amour, tes traits vainqueurs :
Jouïs de ta victoire.
Nous voulons augmenter ta gloire
Par la conftance de nos cœurs.

Lance, Amour, tes traits vainqueurs :
Jouïs de ta victoire.

L E   C H Œ U R.

Loin de nos jeux ,
Époux fâcheux ;
Fuyés, fuyés, Soucis ombrageux.
Liberté, regne fur nous,
Chantons, rïons, en dépit des jaloux.

[Un Ballet général termine le Divertiffement.]

F I N.